現代散文28

人生不老

98老翁散文集

散道人潘一德 著

目錄

— 3 —

早歲哪知世事艱
中原北望氣如山
樓船一葉輕舟渡
鐵馬秋風大散關
塞北長城空自許
鏡中衰髮已先斑
出師一表驚名世
千載誰堪伯仲間

散道人　書

碧血染丹心
壯烈懷忠魂
英雄豪氣照留青史
黃花灑熱淚
氣宇蓋山河
兒女情操垂雋典範

散道人書賀

一九八一年青年節感倡青年才俊之謂
一九四七年青年節發七十二例烈士聯

薄命君王李後主簡序

李後主初名從嘉，即位後改名煜字重光，西元九三七年至九七八年。酷好文學書畫文詞著述，尤妙音律。中主十九年立爲太子，嗣位於金陵，年二十五歲，時已奉宋正朔，得已先無事，其後十年宋滅南漢，始以國憂，宋太祖開寶七年，詔其北上兩次均辭不去，宋怒遣大將曹彬、潘美直取金陵，隔年城陷，後主降於軍門，太祖令白衣紗帽待罪，封爲違命侯；太宗即位後改封爲隴國公，生活甚苦，太平興國七月七日爲後主生日，在其賜第中命伎作樂，聲徹後宮，太宗怒遣使宋酒一瓶慶祝，酒闕煜中牽機而死；年四十二歲。兇訊傳至江南，父老哀痛巷哭，薄命君王長眠荒草漫烟。但其詩詞卻未因人去而銷，對後世影響，喻爲詞中之帝，余感其詞讀後深切悵然繫之，延筆誌述語成冊，著思雅懷不文之楚，聆冀受者寬達不勝感沾也。

第二篇：

後主的藝術人生閱後感言

一、前言敘語

李後主－是五代時南唐的國君，一稱南唐後主，歷史上所謂五代——是後梁、後唐、後晉、後漢、後周。地質中原稱爲正統。開國之君卽爲李存勗、石敬塘、劉知遠輩全是武人出身，不懂文學。一般文人無法自見，投奔十國，另謀出路。

十國之中蜀和南唐的君主，特別愛好文學，尤對新詞的詞體看得很重，而蜀時的文化長江上游以蜀爲中心，長江下游以南唐爲中心。在那時詞派也很多，均無特殊的顯示，只有李後主的詞較爲一般詞派有特別的突出前後期的突出。

由於後主在前後期的詞品稍有不同，本來後主成長在宮廷之家，風流才子，所以在詞句的表現稍有香豔的色彩，例如寫大周后的嬌羞，可是不同於花間詞派的構思，而是以白描的手法和自由的神態來措辭，手法自然，作品生動，所以詞家有贊其後主之詞眼界始大，遂變伶工之詞而爲士大夫之詞。李後主有多方面的才思，能文、能詩、能詞、能書畫、能音樂等外特別於塡詞，生活非常藝術化的。

後蜀的趙崇祚所編的《花間集》，共五百首所收溫飛卿以下十八家，大部分爲蜀人或宦遊西蜀的外省人，可以視爲西蜀詞派的總集。

南唐人很多，作品也不少，可惜沒有人像趙崇祚這樣的人出來收集、整理、所流傳的作品，比起

《花間集》還不到三分之一。而《花間集》詞的詞派的作風多以艷麗，鮮明的聲韻所取材，不外是天時、物態、相思、別情，滿紙都是珠寶金玉，鴛鴦蝴蝶充滿色情的艷詞。

後主本是風流才子，作品雖也像飛卿一樣的香豔，如〈一斛珠〉詞寫大周後的風流，〈菩薩蠻〉寫小周的嬌羞，多少帶點花詞派的色彩。所不同的是他有創作的才華，意境空靈超放，沒有做作也沒有虛僞，是他生命的自白爲與花派不同。

二、李後主讀後欣賞隨筆

〈一斛珠〉

晚妝初過，沉檀輕注些兒個。
向人微露丁香顆，一曲清歌，暫引櫻桃破。
羅袖裛殘殷色可，杯深鏇被香醪涴。
繡床斜憑嬌無那，爛嚼紅茸，笑向檀郎唾。

這一首是後主與大周調情而寫下了一斛珠的怡情詞句，而承歡大周后的艷詞，周后獲得爲此美讚眞是悅情不已，後主雖然成長帝襲的家庭，無憂所懼的貴族命運，既承了先代的基業，除了歡愉之外並無意念的馳思爲先業擴展的抱負。他的中心思想一致的是以文藝爲人生所識了。

我們知道的中國歷史五代是一個極端混亂的時代，所謂的五代是梁、唐、後、漢、晉的代口。而李後主的先世即他的祖父李昪打下來的天下，而稱爲南唐的。後主承襲爲南唐的君主。在他的政治生命史上，可說沒有給人留下炫耀的光輝，一切的政經都是微不足道的，我們不必多加敍述，因爲政治就是政治，一個純然沒有政治理念的人，希望他能發揮政經的才識，那不免太強所難了！所以在他登基以來，不僅沒有像先世一樣去招展基業，就連先世留下來的基業都難以守成，最後終於受到肉袒負荊引鳩而死的下場！

創下歷來王朝的悲劇，可謂是個完全的失敗

者。沒有與先世同拓展基業之處，但其作品前後期由於生活的變異，詞也由清新婉約，變爲悲壯淒厲亡國之音，感慨加深了，題材也廣寬了，更加的生動自然，所以詞家王國維譽詞至後主而眼界始壯大，遂變伶工之詞而爲士大夫之詞，實爲所實也。

現在就以本人對後主詞後所體認之隨筆略述感概，其所未能深達，聊爲讀後感慨言也。

如果說在文學上能超越藝術人生的作品，受到歷史的尊榮，給予後世帶來深遠的影響，且能別具一格的風範，首推李後主爲其代表之師，後主貴爲南唐君主，在他的政治生命史上，可說沒有給人留下照耀的光輝，一切政治都不足爲道的，我們不必多加敍述，因爲政治總是政治，一個純然沒有政治理念的人，希望他能在發揮政治理念的才華，那不是十分勉強了。所以在他登基以來，不僅沒有拓展創業的理念才華，就連先世留下基業都感守成不易了！最後連自己的生命都難保全，終於受到肉袒負荊的命運，引鴆以終的下場，創下歷來王朝易幟的悲劇！因此在政治上可說是個失敗者的君主。

誠然後主在這方面是敗陣下來，可是並未因此而損傷他在文學藝術上涵蓋人生的價值，由於他在文學生命的成就，更充實了他的生命燦爛榮耀的光輝，受到歷史的尊崇，就值得我們爲他大書特書了。當我們欣賞到他詩詞時，都是充滿著無比的情操、哀愁、幽怨坦蕩不羈，多采多姿的藝術人生風格，是詞學家沒有像他如此的情操的。

我們欣賞到他的詞時，都是充滿著無比情感、哀愁坦蕩的人生，心靈上無一不是給予讀者一種快怡的感受，和身邊間的寫照在他的生活裡，完全是以藝術人生的態度，來表達他憂愁哀怨憤慨的思想，這種表達都以白描樸實寫出，使讀者讀起來既膾炙又清暢，完全不感到苦澀，不得不使你讀後有種回味暢然佩服。這也是歷來大詞家所不及之處，也許這是他優美的地方，任何人讀了他的作品，並不因爲他政治生涯失敗，而損傷了他的藝術生命價值，帶給予後人的崇仰。

能夠使後主有這種崇高的成就，以他的時代背景，多少有些連帶性影響，一個成長在帝王世襲的家族，環境有薰陶感染、刺激鼓勵的作用。五代時期是一個動盪不安，兵戎混亂時代。社會雖是如此，後主並未因社會動蕩環境改變了他的生活環境。盡管他是生於權貴之家，但他的人生生活並沒有改變他的至性至情的人生觀價值。及能使他發揮了人性空曠脫俗的襟懷，始終至情至性的人生觀。

後主繼承了先世的基業，處理朝政的氣象，並未因權貴而傲視朝務的人，以貴族情況雖是夕陽餘暉，已有暮落跡象，但是他始終是至情至性的人生觀，自從他接手先世的基業以來，由於對朝政的事務，未能對朝務有所進展，萬里江山雖擁有上代的餘暉，能保一段平靜的基業，對此唯有與大宋稱臣，暫且維持前人的基業，而在他的理念中仍然感到有些棘手，何況那時的北厥不僅稱臣進貢了事，朱太祖無時不在伺機而動這個王朝野心，十餘年主政以來稍事安穩無有兵戎之險，也就鬆懈了朝務的鬥志，豪無經武意圖，仍然一味的享受歌榭昇平的皇帝生活，於是苟安心理的充斥朝野上下。可是在宋太祖的臥塌下豈能輕易的讓你酣睡，這點後主何嘗不體會想大宋的野心，自己也想振作，畢竟自己缺乏政治才能，沉於聲色之歡無以自拔，且又遇事優柔寡斷，朝臣文武也因之而越發消沉，權臣們以爲相安無事後主也無異議，殊不知晴天霹靂的北闕要他北上問罪，而罪名書一到，感到非常惶恐失措不知如何應對，最後無可奈何，不得不肉袒去那天寒地凍的北方，氣降於軍門，被封著一個違命侯，而過著亡國的臣虜的生活。

由於後主有極富幻想的人生，與無瑕疵的天性，以及從不附人的胸懷，才造成了他無以自拔的境地，也因爲如此才形成了他那多彩多姿的藝術人生的性格。他崇高的令譽並非偶然，我們從另一個角度去了解，可說後主是一個不能面對現實的人，而是追求聲色縱情極慾的人，造成了他是一個純然的失敗者，但他造就一個非常成功藝術人生，兩情相比，因此人們對他是非常同情的啊！人民在他被封的違命侯之時，全國人民與朝臣是悲憤又爲他一掬同情之淚，尋非偶然耶。

當看他在飲鴆而死的那天，消息傳到外面時候，在他統治國家的百姓，仰望北闕而聲淚俱下，從這點看來，我們可以知道在他統治下的後唐，對庶民的愛護與並施行親民的政教，視民如傷的襟懷是非常成功的君主！百姓對他失敗沒有半點的怨懟，否則難有一掬同情之淚了。

現在我們把李後主的生活，分別從兩個方面大的時期來敍述，不僅可以對他的生活、思想，與整個人生觀的形成和他的藝術人生有更進一步認識與了解，同時也更覺得他能獨具心靈的創作天才，樸實純質的性格，含蘊著仁性友愛、至性至善襟懷不無果因關係囉！

無論在他的前後期的生活，型態上都能表現出一個平凡而又蘊含著不平凡超越的性格，他有這種稟賦的性格，才能揮駛著如此仁慈友愛的藝術人生與放達不羈的表現於事理上，是不足爲怪的。

首先我們從他的幼年生活來看，承然生長在帝室家庭，而過著豪闊的生活，可是在他的意識裡，壓根就沒有鮮染著豪闊的色彩氣勢，仍是平常人的作爲，亦無豪行氣勢作爲，還深感厭倦，在他的生活追求上，只希望過著自由自在，放情任性的稚子生涯，從不以尊貴驅達於人，也不因爲自己的尊貴傲視於人，這是我們所稱道敬仰的。同時在他家的父子兄弟之間相處尤爲敬孝與兄弟，仁厚友愛這是他本性可貴之處。

假如我們從另外歷史人物的世襲帝王的情形來看，不難看到兄弟鬩牆者有之，殺父母有之，臣殺君主有之。這些血淚傷亡的事實。南唐可作爲歷史典範，並未在權勢利慾之下有其不幸事件，其襲政以來須無建樹，但君臣之間，民實之衆，尤能擁戴並非暴戾之君所能及耶？南唐數十年來，若非北宋豪閥遏制，後主豈能不是一個好國君嗎。

後主廣達的胸懷，寬厚的情操，唯恐不及先世餘暉，昆仲仁慈友愛表現的實非權勢之家所能及，由於他的昆仲先後去世，唯他不能不承襲父業，登基之時尤對其長兄的表思，其由衷之情溢於言表，在父命難違之下，接下朝政，免事的做了皇帝，在他的情思很難欲意的，一個仁愛風雅的人，要他從事武備是非常困難的，而遇事又優柔寡斷，其間不免又受到佞臣狂言困擾，使他在政策上有此尷尬，無法伸展治世才華的抱負。何況在他的生活上又是那麼醉心於聲色的人，政治上豈有作爲？是無可諱言的事實。除了對他感到惋嘆豈可有所厚責？試就一個人的才智稟賦並不是史家能斷，或謂以某朝某代之帝王如何英武成功守業發展，竹墨之間美飾因緣或神話以駐其人之基石是主事者之觀念而已矣。

現在我們是舉例以耶穌來說，很多人都以爲耶穌是神的錯誤觀念，認爲上帝創造了宇宙是一切的主宰者，而耶穌是代表了上帝來到這個世界、把一切的權力都付託耶穌來執行，當我們仔細想想，這個宇宙是上帝創造的嗎？而耶穌又是不是上帝的代表呢？那是值得深思熟慮的！我們又不可否認耶穌是人？還是神呢？如果是人的話又怎麼能代表上帝呢？而上帝又是一個甚麼東西呢？都使我們無法得到圓滿的解答！但是我們又不得不承認耶穌不可能是神？也不可能是上帝的代表？像神一樣有無限的權力來主持世界的一切，種種的事因無非是一些先知要把它來神化，才能實現他的理念，不如此就不能推動他的理念實現！有許多的事情無法解釋的時候，就以神的觀念來麻痺愚人的神經與思維？因爲神是很抽象的，也是難以解釋，事實如此自然我們一個人的成功失敗就不難想當然了。

如果後主在歷史上的承擔中，有太多的過失的話！我們也只能說他是一個聰明才思有餘，而性思不足，才使他背上了歷史的十字架。如果他是一個心性上不惜民艱，強持鬥狠，何故肉袒負荊成爲可憐的君王呢？我以爲後主的失實，全歸咎於他浸淫在歌樹美人性靈上，而負卻了強狠經武的雄心壯志，才落到情況無可奈何之必然耶。

拋開歷史的成敗，我們不必去用太多的話來質啄！僅就他的藝術人生方面窺視，不難了解他這些觀念的形成是怎樣的內涵？尤其是我們就不能不追溯他的成長過程，一生的事蹟來說明加以印證，才能理解他的成就與失敗，均非偶然而是有其歷史性的背景。

首先從他的家庭環境，後主生長在一個皇室家族，是先祖創下的基業，因那時是一個戰亂和兵戎時期，混亂的情形，爭奪殺戮，表現人類恆抗現實社會，他的祖父李昪在這個時期，憑武勇打下來的地盤，創下了南唐開始建國的基業而雄霸一方，才形成後唐的君主！是爲開國的皇帝，除了征戰撻伐之外，文化的智識都毫不足道的，雖然南唐有了這個局面，只能在那時是維繫了一個相當有力的時期才形成後唐的君主！是爲開國的皇帝，除了爭戰撻伐之外，文化的智識都好不足道的，雖然南唐有了這個局面，在那時是維持了一個相當有利的時期，開創不易，守成也難，而後唐雖然穩著也不是很容易的事，這個時代的幾個國家來看，後唐的統治與其他幾個地方，相比之下算是較有作爲的君主。

繼之他的祖父死了，傳位及後主的父親，（名景通字伯玉後改名璟）。他的父親繼承了這個基業，仍然保持了相當興盛的局面，但是後主的父親，與他的祖父比較起來，都迥然不同，一面服其政治，一面卻倡導文事，興著重文物和籍典制度，開創了欣賞文物的能力，與朝臣們上下也發展文化藝術的發展和啓發了武備文物的事業。

在當時的中主，不僅對文學愛好積極推展，朝臣們抒發文彩之輩，一面治理上代先世的創業，一面君臣們相互蔚爲風氣，這裡可從南唐藝文制度的事業窺視！尤其君主間更有光輝燦爛的黃金時代，文藝復興從中主時期才有廣大發展！後主就在此種環境裡受到熏陶感染，影響其文化藝術與文學上都有相當的感受，從各種不同的薰陶，超越智慧敏思皆有相當啓發作用。其白描鏗鏘的聲音素養和人生的寫照都受到不同的思維影響。後主成長在這種環境優良的家庭，在心靈上可爲重大的啓發，我們如果從十國春秋的資料來看，不難發現，後主的生活型態，意識思想無不表現人生藝術的追求，放盪不羈的生活，豁達胸懷與才能氣志，才有助天賦遙思的表現，如若生長在另一種環境裡，可能在他童稚之年的感受也不盡然了！

因爲後主生長在美輪美奐帝世家族，自稚既長都受到文化藝術的感染，稟賦的發展和興趣就可說不同的了。環境創造了意識，而意識和人生的興格，會依興趣有所註定不同，與他以後的悲慘下場命運都有相互的關聯！

現在我們以他的父親和兩個弟弟來說，都是在文學上有很傑出的人，尤以他的父親中主，對文學愛好也是歷來帝王所不及的，這可一列說明，後主的父親繼承了李昪基業，政治才華雖不怎樣高明，而在文學方面是興趣盎然的好手，當大臣們論詩詞時，常常有君臣戲娛的佳作，有一次朝臣馮延巳在池旁見著風把水吹起波浪，即信口漏了一句「吹皺一池春水」，中主聽到即謂吹皺一池春水干卿何事，延巳即曰：「未如陛下小樓吹徹玉生寒。」來的雅緻，中主即引以爲樂事，於此可知中主對詞學之愛好，朝廷上下對中主作品蔚爲風趣！中主最爲爽意的作品，雖然不多，代表的莫如：

菡萏香銷翠葉殘，西風愁起綠波間。

還與韶光共憔悴，不堪看。
細雨夢迴雞塞遠，小樓吹徹玉笙寒。
多少淚珠何限恨，倚欄干。

又以

手捲真珠簾上玉鉤，依前春恨鎖重樓。
風裏落花誰是主？思悠悠。
青鳥不傳雲外信，丁香空結雨中愁。
回首綠波三楚暮，接天流。

從這兩闕詞的意境看來，不但文學的造意深厚，意境寬遠，訴情論事，懷思悠感確是非凡，臣屬們無望其項背也。

本來後主的兩個兄弟從善與從謙，都是不亞於後主的，可是他們的作品都散失不傳！無法去加以評述，但歷史的記載，他們都非常愛好文學，而且兄弟之間常有過和與朝夕琢磨，都有相當助益的。自然後主在這些氣氛裡，額外的突出，也是事實之必然。

後主在童年成長都是文學浩嗜，沒有非常完美家世，環境感染其有相當的影響！不幸的是他在二十二歲時承襲了父業，在生活相形之下不免也有些轉變，聲色的追求也漸漸的放大了，浪漫色彩和生活人生的境界，浮幻的遐思更充實了生命的內涵，而且還有一個與他興趣相投的大周后多愁善感的娥皇，文學也不亞於後主，朝夕相互繾綣使之造詣更爲深厚。

因此，後主在詞方面純情委婉的格調受了娥皇的詩詞歌舞影響，轉變爲風流浪漫的色彩，皇帝也隨卽變爲情感惆悵的皇帝。周后不但容貌佳麗，風姿浪麗動人，尤以詩詞方面才思敏捷，後主爲之傾心不已，承顏歡側大有我見猶憐，詞句也因之而跳躍周后之間，笙歌樂舞歡樂怡情自不言喻。

的確娥皇是一位了不起的女性，且其文學素養亦是非凡，一副動人的才貌，韻律亦是天賦造詣，可從玉樓春一詞卽可了解此姝的素養！

曉妝初了明肌雪，春殿嬪娥魚貫列。
笙簫吹斷水雲間，重按霓裳歌遍徹。
臨春誰更飄香屑？醉拍闌干情味切。
歸時休放燭光紅，待踏馬蹄清夜月。

雖然這首詞是在戲娛之後寫的，但值得我們所提的是，他在回宮時的霎那間依情影到譜詞，實非有超凡素養不足以敏此才思！且又以「重按霓裳」之語，本來「霓裳舞」曲是前唐時的大詞，因爲安史之亂後此詞失傳，周后獲得一些殘箋整理重譜，故有重按之句，詞句風雅動情，不覺使人有清香飄逸之感，如置身共同的境地。這支曲調經周后整理之後，尤盛於詞曲，作爲歡悅歌舞曲調甚是優美逸常，後主得此曲後對娥皇更佳嘉慰，眞有日日旋歌不輟，對朝政荒廢自不待言可知，在性靈上之發揮於空曠境界，人生感情一服鼓勵於空曠之境。後主除了身邊有這位多情善感的才女外，其與生俱來的性靈，與此之後遇重要朝政優柔難斷，乃至往後各種不同抒情意識，與傳遞情操是有深切的作爲因素。

除了身邊美人伴懷之外，尚有空間卽偷偷的與外界的美人戀愛，此美卽爲大周后之妹，其容顏修養和文學修養也不亞於其姊，後主得其歡慰，一有空間卽找此姝談情說愛，由因皇宮後庭深處相會不易，小周妹一有空卽來找後主，有一次因天時情朗，月明星稀之際，卽來相會，且有詞句以慰後主思念之情。

花明月暗籠輕霧，今宵好向郎邊去。
剗襪步香階，手提金縷鞋。
畫堂南畔見，一晌偎人顫。
奴為出來難，教君恣意憐。

即小周后之詞意。本來後主的天資稟賦是很純樸的，事母也極盡子道，在其母逝居喪無以過之，而且昆仲之間也甚是友愛，當他的弟弟從宋進貢未歸，亦被留質未遣返，後主在登高感賦有「原有鴒兮相從飛，嗟嗟兮不來歸！」淒淒婉約，以弔念其手足之情何等遣傷，尤以仁愛二字更能表現愛屋及烏的情懷！以一國之君手柄生殺馭奪之權，但他卻不像其他帝王一樣，動輒得咎以生殺過死！相反的體恤民艱，關懷民疾和民命，論刑死決者皆從末議，有司固爭固可殺，乃得少正垂憐許之，視民如傷恤民於危情皆出於內心！自堯舜之後未有如是君主也。

雖然後主有視民如傷仁愛純樸情懷的氣度，固是一大優點，然而在政事因素上，不勉處事不足優柔難決，乃至不能振作厲馬秣兵以禦強敵，兼之昧於情而負於理的人生意識觀念，流連歌榭冀求苟安至使國事憂憂重疾叢生，國力日形衰敗，導致國破家亡命運！遂不能自保，當他被宋臣北上一夕之際，就有故國不勝依依之情！其可見於悲痛之詞

四十年來家國，三千里地山河。

鳳閣龍樓連霄漢，玉樹瓊枝作煙蘿，

幾曾識干戈？

一旦歸爲臣虜，沈腰潘鬢消磨。
最是倉皇辭廟日，教坊猶奏別離歌，
揮淚對宮娥。

由於他有視民如傷的情懷，他心仁厚純樸的氣度，秉性固然是一大優點，然而難以在政治因素理朝聽事，不免處事柔決，乃不能振作，秣兵厲馬以禦強敵，兼之違有昧於事理負於理性的人生觀念，流連歌榭冀求苟安，致使國事悠遊暗疾叢生，國力日形暮落，以至國破亡身之命運。

最能醉心歌榭，當他至北上一夕，猶有不甚惜別之感，從一闋詞裡就可理解雖是出自詞壁之潛意，而實敗於性格上發自內心的感應！所述：

四十年來家國，三千里地山河。
鳳閣龍樓連霄漢，玉樹瓊枝作煙蘿，
幾曾識干戈？
一旦歸爲臣虜，沈腰潘鬢消磨。
最是倉皇辭廟日，教坊猶奏別離歌，
垂淚對宮娥。

此句對詞人所有不同解釋，但惜別之思非偶然所致，而不是後主此情實之下，還念宮娥故非忘了後主，而後主當能懷念昔宮娥，在其押解北上時他們過去忠誠不輟的舞著，是後主深感其情而有此傷懷惜別？非爲眷戀不止之情。此情繾綣既屬懷思，一以爲導別之意，實爲人情之常。要以認爲致死不知後悔，著情如是相信後主性格不至如此眷慕，是人情之常態也。

當一個人的感慨，受到外來衝擊的時候，最容易抒發眞是純然的情感意識，無疑的此時的後主突然拋別了國家和家園，才是眞是人性的光輝代表。況且他是在這種情形之下，又能怎樣去面對昔日娛情的歌舞宮妃？非以淺池之語作惜別之句，彼此都能意會沉醉於心眷懷不已也。

遭逢突變勢的漠然，只有面對現實人生的情景，昔日的繁華，人間天上的生活，美輪美奐姿妙彩影的夢，傾瀉而變爲肉袒負荊的階下囚，初嚐國破家亡的滋味，情素的變化幽憤哀怨，初嚐臣擄亡國的滋味，悲哀幽怨是非常痛恨的，蒼涼悲苦的人生，雖是傷痕累累只有無可奈何的哀鳴。

後主成長在宮闈裡，生活環境，從難以外界接觸，從未到有干戈的事，也未想到有戰亂的發生，武備不足須有練兵振達國力思想，一旦有事只有倉惶失措，性格甜疏於歡樂人生，負作整作，導致如此淒慘下場實非偶然，自接長朝政以來整作文事武備堅宜戲之，當不致有此下場的君主阿！

先人創下的基業就此眼睜睜拱手於人，其內心之痛苦，是如何引恨悲憤哀思，沈痛之情只有無可奈何也？

昔日的繁華，人間天上的生活，美妙姿彩的夢幻，一瀉而變成了肉袒負荊的階下囚，初嚐國破家亡的滋味，哀怨幽恨故國河山的美景，都劇然涌上了心頭，蒼涼悲酷的人生，傷痕的心靈難以付出的哀鳴，痛恨已往的時日怎不知自爲振作，才到至今日處境，時曰過喪在此情況中又有什麼作爲呢。想著想著只有面對現實不如此又將奈何耶？河山之哀庶民之痛，只有微弱的呼喚聊以稍釋眼前悲傷，不禁寫下：

江南江北舊家鄉，三十年來夢一場。
吳苑宮闈今冷落；廣陵臺殿已荒涼。
雲籠遠岫愁千片，雨打歸舟淚萬行。
兄弟四人三百口，不堪閒坐細思量。

暫紓緩悲恨哀鳴的意稍事獲得短暫的慰藉，在過數日即是後主的生日七月七日的到來。至那天，在朝慶祝，不禁擁色神美，大事高歌動於朝夕，聲徹雲霄得震驚內庭的王朝，宋主當即派了能臣備了一壺鴆酒去參加祝壽，皇帝所賜必然是祝壽名酒，臣屬一定要飲此的。

端起這杯酒，眼睛一致睜上的望著，也許人生的悲途就是此刻吧！思索之下捧起酒杯，南望故國一口飲下，未有多少時間，靈魂即離開弱質的體質，也爲人生縮短長度，過後才實質的了解人生感實眞諦。

眼見著宮娥熱忱仍不滅當年在位時的情形，後主見之深爲感動，歌舞歡樂一如昔日排坐，隨聲音樂起跳，殊是不可多僅之舞蹈撥往，而後主易大大嘉許。自己無法挽回的命運就在這杯酒，我即使兮開到荒山煙嶺中才再相見。我們從這詞意看來，著實悲慘，醉廟的人生最後悲痛，除此種種情形，在沒更的辦法了！人生榮辱成敗離合乃是生命中無可避免的，境遇無常世事難料，後主在此時之情景自是所然，過往之回憶眷戀雖無有所必要，但是人情之常到了悲傷之時不免也想要過去，爲何在此優美的環境下不知愼勉，要是那時稍事整作一下，何有今日之厲境，雖然心中悔恨，到現在已經是太晚了！有何用呢？還是面對現實任其發展，不如此又將如何呢？

後主落此厲境固是其歡樂中未有想到如何去治理國事的思維，到至今日之處境，雖是政治生涯失落了，但是我們讀了他的詞句後，深深的覺得優美動人，情哀訴情無以自拔可說他在這方面，也是大大的成功，回顧歷史的詞家尚無有能出其右者，大詞人王維也評其詞至後主而後詞距可大，並可見其平實中之偉大也。

他既是生長在這種優美環境裡，兼具權貴書香門第的家風，就客觀的事物接觸無一不是因為受文化藝術的感染，不同的意識風格即在他的心靈，不難發現受其影響！因此在他的生活與意識潤張了才思奇妙人生的背景，活違不羈放形蕩漫襯托著生活美質，流露洋溢火花的心聲，忘了他還是一個國君，如此無情的發展，鑄倒了先世遺留的基業，成為了悲慘下場的命運，這也是他自己料所不及的。

四十年来家國，三千里地山河。

鳳閣龍樓連霄漢，玉樹瓊枝作煙蘿，

幾曾識干戈？

一旦歸爲臣虜，沈腰潘鬢消磨。

最是倉皇辭廟日，教坊猶奏別離歌。

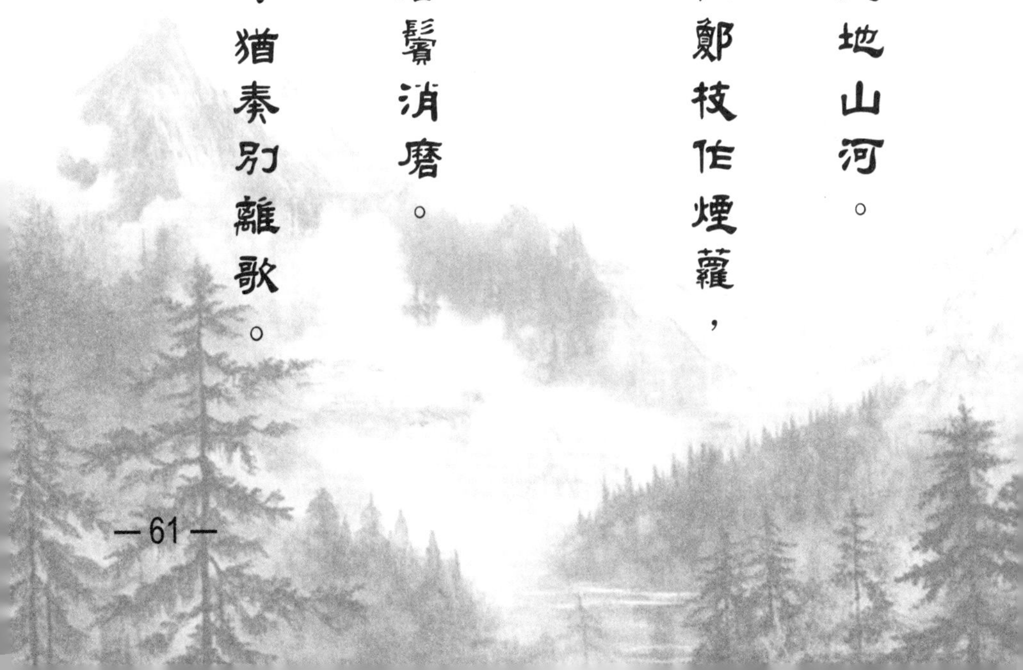

第三篇：後主後期生活寫照

一個人的生命命運和生存事業發展，看來是有因果相關連的。後主在他燦爛的生命中，無時無刻不在編造綺麗燦爛的美夢。生活雖享盡了人間富貴，何曾想到自己會有暴風雨侵襲來臨？不僅自己不會想到，就連別人也不會意料到！他以後的生命會有如此悲慘的下場？淒婉哀怨的結果走完了寶貴生命。可是事實擺在眼前，又不能不承認事實，接受現實的給予，當他在北上的那一天，宋臣潘美，重兵把他押解出紫禁城時，大船行至江中，回顧石頭城麗美的景色，壯爛巍嵌的錦繡河山，繁華盛景煙漫回顧著這麗華的石頭城！顯示著六朝金粉的景象，熙攘的人潮，河畔的垂柳，穿梭的流鸞，畫舫的人絡繹不絕，那會意識到自己困居囚船？而萬里江山就即將寒色暮了，如今置身江心正應驗了「千里江山寒色暮，蘆花深處泊孤舟」的景象，形影相輔成了無比淒涼的君主啊？澎湃的江水，猶如心懷情感的奔騰，豪放雄渾的意識萬千交感的情愫充滿著無可耐何的沉思，一切不堪回首之際，只有藏盡在心靈深處懟值的呼喚，也禁不著哀嚎的叫出了最爲淒慘的呼聲：

江南江北舊家鄉，三十年來夢一場。
吳苑宮闈今冷落；廣陵臺殿已荒涼。
雲籠遠岫愁千片，雨打歸舟淚萬行。
兄弟四人三百口，不堪閒坐細思量。

眞有無限情思和悲壯的心境！我們是可以理解沉思的。

回首緬懷故國的先世，在征西討打下來的天下，距有江南江北的錦繡山河，三十年來就像看了一場美夢，而今冷寥的宮庭，麗美煙花的台殿卽將成了痛苦的回憶！唉，空有兄弟四人、三百口之衆都難共商會集，哪裡知道朝來的寒雨吹曉的風是那麼急促？如此突然！張皇失措的他，眞不知道這個時候應該怎樣的處理？兄弟之間也不能聚集在一起有共同的商量，禁不著哀鳴的感傷了。事實給予的痛苦，漂瀉日下的生活，無限籠罩在一宅慘霧愁雲之間，不知生活如何去派遣，簡直使他不能在深切的細想了，面對現實，只有曲承事實才能稍釋懷思的平靜？

事實給予我的痛苦，傾瀉日下的生活感受，就照一生悲慘雲幕，無限的現實，生活如何去排遣？簡直使他不知道怎樣才好？而唯一的辦法，只好去承受事實，接受運命的安排。北上以後過著這樣的生活，精神上的打擊與苦悶心靈的忍痛！整個人生的改變都有極大的思慮，意識裡也不是從前那樣的生活了，飄零放浪的意象，再也激不起的漩渦，再也燃不起熱情的召喚，一切的一切觀念上有著無意變異的思維，這時才了解到人性的兇殘，社會的險惡，只有利害！一切的罪過都得連根拔起，才能使人性走向光明的大道，深沉的認識人與人之間，不是情感的帶向，唯有利益才是人生的前途，希望今年進貢和納物，都不過是短暫的承歡，哪裡能換得永遠平靜的報酬？另種方式的生活沉思不斷的湧上心頭，想到山河之感庶黎之念，也是惘然，不想吧就讓他一點一點的成爲過去！

人總是有理性情感的動物，亡國悲痛之餘，心裡情緒的變化是可以想見地，何況後主異於常人且是一國之君？況有多方面的情思？自然變化情景的生化，更容易觸發情懷的流露，有時甚至在無可抒發的時候，不免要狂嚎大叫起來，以解抑制不著的痛苦，只有在這種環境裡，用文字來表示他的沉哀，才能忘卻現實生活憂慮。不免又想到自己衷心詞句：

無言獨上西樓，月如鉤。
寂寞梧桐深院鎖清秋。
剪不斷、理還亂，是離愁。
別是一番滋味在心頭。

在這幾個短句裡暫時解釋了蒼懷的苦悶，唸著再唸著唸了好幾遍，而忘卻現實的生活。

回憶是痛的也是甜蜜的，一切的愁雲慘霧，就像忘了現實的給予，回想著故國河山，此時不正是南國正春的日子嗎？令人懷念的景致，想看又寫下了望江南之句：

閒夢遠，南國正芳春。
船上管歌弦歌江面淥，
滿城飛絮屏輕塵。
忙殺看花人！閒夢遠，
南國正清秋。
千里江山寒色遠，
蘆花深處泊孤舟，笛在月明樓。

船上的弦歌，陸上的人潮，是有多麼好的景色，思懷昔日的情景，我與周后邂逅江面，情詞悠悠，美人笑語懷豔，是有多麼的詩情爽意啊？眼簾的情景現實痛苦的寫照而拋諸腦海了，就像風吹落下的黃葉，一片片的飄蕩起落？不就正如我眼前的寫照。

如果要是在往夕的日子裡，不正是秋爽南國正清秋的時候，我與娥皇，依偎相依看江山如畫，煙雲色暮，蘆花深處停泊的孤舟，明月樓台的笛聲，曾幾何時，在此蕭瑟的秋天，那幅景緻，蕩漾在江心，往來的行舟臨台遠眺宛如置身仙界，是有多麼瑰麗的情意啊？如今自己一個人過著不自由的生活，不也像江面無所依持的孤舟？還有那遠處隨風送來的笛聲，繞耳淒涼哀怨的聲調，是悲秋呢？還是表示自己心坎深處的哀怨？聲聲揚抑的傾訴呼喚嗎？是的江南是優美多彩多姿的地方！山川景色無一不是給人帶來賞心悅目的感受，然而自己身受囹圄，心存故國的回憶，從有千般的想像，無望的沉思，莫不營緒萬端、神傷不已，哪能帶來歡樂的情愫？不免又想到以前寫出的句子：

多少恨，昨夜夢魂中。
還似舊時游上苑，
車如流水馬如龍。花月正春風。

興及另闕：

多少淚，斷臉復橫頤。
心事莫將和淚說，

鳳笙休向淚時吹；
腸斷更無疑。

兩闕短句塡了之後，心境又感到舒暢一點，但仍然還是不自由的身子，受著拘束的情形，無法暢快自由的生活，離恨的感覺不禁又湧上了心頭，禁不著高聲的大叫起來，看守他的人，以爲他發瘋了，但後主仍然不理會他們而寫下了：

多少恨，昨夜夢魂中。
還似舊時游上苑，
車如流水馬如龍。
花月正春風。

雖是如此可是一切的景物都是不屬於他的了，惆悵的感傷，夢境的榮辱，淚珠也不免一顆顆的流濕了臉頰，生出悲傷失望的情懷，不禁又想到以前的句子：

多少淚，斷臉復橫頤。
心事莫將和淚說，
鳳笙休向月明吹，
腸斷更無疑。

寫到此再也寫不下去了。滿腹心事，和多少的淚為何鳳笙要在這時吹起，更讓我心靈正痛與哀傷？滿腹愁腸偏要回想那麼多呢！雖然繞耳的笛笙停了，耳際暫時獲得平靜的情愫，為何眼淚仍然滿滿的流出啊？人生的一切就是如此的傷懷嗎？

眞是離恨別怨的縈索只有更多使肝腸裂斷。

時間飛越的溜過別具柔腸離人的眼簾，就像現在更漏一滴一滴溜過！別具柔腸離人的眼簾，計算起來不是又要快到了一年的春天來臨！深感驚心動魄，對他們是縈迴夢千，雖是如此痛恨仍然會想到春時與娥皇攜手遊春的景況，當時他即寫下了虞美人的詞來：

風回小院庭蕪綠，柳眼春相續。

憑闌半日獨無言，依舊竹聲新月似當年。
笙歌未散尊罍在，池面冰初解。
燭明香暗畫堂深，滿鬢青霜殘雪思難任。

滿眼的春色，疏麗弄影的情懷，就像希望的小鳥，重溫舊日戀巢，在一破碎心靈裡的意境，春意滿懷，月下的秦淮河畔，上苑的風光，湖畔的曳搖，望著遠方的情人，柔情細軟的柳絲，叢然景色萬端，唯麗人欠缺，徒添美靜黯然往與綠肥紅瘦的情思，景物依在而人事全非了！不禁又使歡樂的回憶而沉湎遙遠的遐思。

想到此時、心境又蕩然若失回到現實的環境裡，仍然記住佳人現狀不知怎樣紓排自己的生活，小周后又是怎樣的一個種感受呢？不想想，卻捲不起思想的潮思，而想也非從前了，春果雖是風光旖旎，人事已非，也禁不起回味的前景，景色未變仍是從前一樣，上苑的春天，紫氣豔紅綠肥時節就讓它過去罷？昔日的綺麗美夢，繁華煙漫，麗影詞歌，淺聲低酌，何事不言談情儀態而歸，是何等的逍遙繾綣啊！現今一個沉居不自由的小苑，深感痛苦的回味！但又想起一個春天黃昏的晚上，娥皇妝罷冉冉而來相邀傾訴，遠見佳人婉妝情形，不免又想起曾爲她塡寫下一闋詞來：

曉妝初過，沉檀輕注些兒個。
向人微露丁香顆，
一曲清歌，暫引櫻桃破。
羅袖裛殘殷色可，杯深旋被香醪涴。
繡牀斜憑嬌無那，爛嚼紅茸，笑向檀郎唾。

寫此在心坎裡回味著佳人，心情不免又感到一些舒暢了。須說多麼羅曼蒂克的風情愜思啊？追尋的回想，剎那間又回到現實眼前的處境，忘了昔日的湖光山色風情。

想著！不斷的往事一幕一幕的縈迴在腦際他從痛苦的環境，又沉醉在落寞的現實中，思潮起伏就如泉湧般的浮出，不能克制的遐思，緊皺的雙眉，時而不勝的怒吼，時而微笑，急促無常的神情，悵望天際又常嘯，這時看守他的警衛，不知他在做甚麼，只有他自己才知道是哀痛，還是歡樂，或是憂傷？此時此際不免又寫下了一詞：

轉燭飄蓬一夢歸，欲尋陳跡悵人非。
天教心願與身違。待月池台空逝水，
蔭花樓閣漫斜暉，登臨不惜更沾衣。

哀怨的詞來想江南是個好地方，江南的一切都是很優美，想到江南的美好，而自己卻是居住在牢籠的小屋，無有自由的伸展，黯然神傷的感觸又湧上心頭，禁不住又高聲地唱出：

多少恨，昨夜夢魂中。
還似舊時游上苑，
車如流水馬如龍。
花月正春風。

等的詞來，以解心頭的苦悶，而一切的景物也不適屬於他的了！惆悵的感覺，夢境的縈繞，淚珠又不免一滴滴地留下的顏面，失望和悲憤又吟出了他的「多少淚，斷臉覆橫頤。心事莫將和淚說，鳳笙休向淚時吹，腸斷更無疑。」萬般幽怨為什麼淚水湧出來流滿臉呢？鳳笙休向淚時吹，偏又在我流淚之時吹那麼樣的緊湊啊？撩人的哀怨徒增傷人腸斷！

時間很快地流過，別具離人的眼簾，就像現在的更漏一樣，不停的滴去，算來又快一年的春天，不將要來了嗎？怵目驚心春天的未來，我將怎樣去度過啊？想起往年的春來時我和周后依偎是多麼快樂的情境，現在只有夢幻中去追尋，沉思片刻娥皇不是已來了嗎？睜眼一看要上前擁抱，那是娥皇，看來是一根梁柱啊？情不自禁吟出：

風回小院庭蕪綠，柳眼春相續。
憑闌半日獨無言，依舊筑聲新月似當年。
笙歌未散尊罍在，池面冰初解。
燭明香暗畫樓深，滿鬢青霜殘雪思難任。

滿眼的春色，綺麗弄影的懷思，就像籠裡探出希望的鳥，想重溫舊日的情愫。一顆破碎的心眷戀著遙遠的春景星月下的秦淮，上苑風光湖旁垂柳，柔情萬千軟飄垂搖，依舊遊人如織，玄歌江畔，莫不是和從前一樣嗎？紫婉嫣紅綠肥紅瘦時節瞬間卽從眼簾流逝。

想到春色情形，記得有次正是黃昏時，娥皇新妝蘿衫出來相邀，見美人嬌盛儀態冉冉而來，是多麼忘懷的影像啊？輕曉挑逗又是多麼眷戀遐思啊？熱戀的情景，我不是爲他寫下了一個短曲嘛！

晚妝初過，沉檀輕注些兒個。
向人微露丁香顆，一曲清歌，暫引櫻桃破。
羅袖裛殘殷色可，杯深旋被香醪涴。
繡床斜憑嬌無那，爛嚼紅茸，笑向檀郎唾。

那是多麼羅曼蒂克的風情！多麼地艷識，如今深鎖小苑，痛苦的遐思追尋，又有何用啊？就讓它流失吧！不斷的往事情愫的，一幕一幕的浮現在眼前，腦際中是他在痛苦的生活環境裡，又存在著做君主的現況，思想如泉水般的湧上心裡，使他不能克制自己的遐思！時而緊皺眉，時而不勝綺情的發出微笑，短暫的愉悅又回復了嚴肅的情緒，這種無常的神情，悵望天際呼呼狂嘶長嘯，看的警衛們有些茫然了。內心不同的變化，只有他自己才知道，是歡笑？抑或是傷感？甚或難以抑制的痛苦！心境情緒的變化，外人是無法體去了解的。這種不同意識的抒發，在這小小的庭院裡踱來踱去，沒有半點兒靜下來，於是他長望天空，滿天的星斗，烏雲漂浮掩蓋了光明的月牙，向著西面聳高的漆閣走去，憑欄遠眺著故國河山，情不自禁的輕輕唸出：

無言獨上西樓，月如鉤。
寂寞梧桐深院鎖清秋。
剪不斷、理還亂，是離愁。
別是一般滋味在心頭。

從這幾句小字看來，不難理解他此時的心境意識，是何等的衰敗？何等的抑鬱？情緒的變化只有他自己才知道，亡國與離別是人生中最哀傷悽慘的寫照，何況後主沒有這樣的感觸嗎！一切只有繞繫在心頭，難以抑制的傷感！

萬般無奈，迷茫悵惘，心靈的縫隙都成了遙遠的回想，使他覺得人生的夢，就像淒懸的燭火點點的低下，慢慢的燃到盡頭。哀愁起負的思維又激起了漩渦，寫下了浣溪沙的詞：

轉燭飄蓬一夢歸，欲尋陳跡悵人非。
天教心願與身違。待月池台空逝水，
蔭花樓閣漫斜暉，登臨不惜更沾衣。

明白的道出了他這時的心境！人生就是一場惡夢。

追尋人生的夢，只有帶來更多令人遺恨的心扉，夢幻的變化和生命的過程，就像飄蓬的燭影，燒起莫名情境，一滴一滴地如水流逝的盡頭，希望重拾舊時夢境的心，漸漸地像燭一樣的流逝到盡頭，腦海中靜物依舊而人事已非啊，我的希望也是樓台的花，被風而吹謝飄滿了地坪，息息的化解浸景於土內，雖然像以往的日子，樓閣吟唱，美人倍馳閣伴，花音扶疏浮光弄影，怡悅之情如此美妙，眞使人羨煞是何等優柔喜悅，想到此以前不知進步的罪過，才使今日的受累，禁不住又潸然淚下了。

希望的期待，失望的惆悵，浮動交織心裡矛盾的火花，人的生存榮辱使他覺得，人生的眞諦，優美醜惡的啓示，使他覺得人生的本性，是非善惡都是在虛無飄渺或狂妄中鑄成人生命運的安排，一切的罪過只有自己承受。

如果承襲了先業的君王時，不是慣於笙歌弄舞步，是希望去追尋美夢，如何有現今的悲慘，心情平適慢慢地檢討，其因果關係還是自己，不能去怪罪別人。如此浮盪的心靈交浸著痛恨和美奐困，頓沉思睏倦了。

夢幻的變化和人的心靈，只有帶來更多的遺恨，生命的過程就像漂浮水花，希望重拾的心願，再也不能了，腦海中無時或是的思維智著，人事已非，想去追求開始的展望，不也是由環境遷移了，小樓庭外尚有扶疏的小花，看他一片隨著風起舞，人性哀傷不也是今如小花一樣嗎？門外窗前的月影，依伴著苦衷的我，潸然滴下了哀鳴的淚珠希望的惆悵交織著慢慢的消逝了啊，人的生死榮辱也無法求得，只有蒼涼的結果，真實是此情無計可奈何情懷。

想到了很多的未來也不過隨風飄逸了，此時情操又湧上心頭，寫下了：

人生愁恨何能免，銷魂獨我情何限！
故國夢重歸，覺來雙淚垂。
高樓誰與上？長記秋晴望。
往事已成空，還如一夢中。

此情此景情何以堪，不免此時又滿懷惆悵？淚珠爲他傾泣，無怪他給大臣們手諭時，曾說到日日以淚洗面，傷懷若是徒呼奈何？只有淚痕來做婉情的傾述，秋去春來又是一年了，潮寒煙幕的小樓裡，情不自禁得念出：

櫻桃落盡春歸去，蝶翻金粉雙飛。
子規啼月小樓西，玉鉤羅幕，惆悵暮煙垂。
別巷寂寥人散後，望殘菸草低迷。
爐香閒嫋鳳凰兒，空持羅帶，回首恨依依。

回首恨依依，重複得念了兩遍，而今身處今昔，是實情非往昔，怎不使人恨依依囉，想著往昔在此時節，歌舞昇平，美人戀懷沉醉期間，花苑中的欣賞，綠芽茵蕊蓉迷人陶醉，子歸偏在深夜啼喚，遙遠迷濛煙霧，更添了離人的迷惘，想了一夜仍然沒有睡意，含著悵望窗外的月牙初影，漸漸地沉思而倦睏，一切的懷念，眞是不堪回首呀！

人總是有靈性的，誠然仇恨是無可避免的事，爲什麼自己要去蘊藏深厚的情愫呢？當然一個人在順調的生活中，是不能體會到，此時過著一敗塗地的生活，自然面臨感傷何況我還是一國之君？故國家園，夢幻中的娥皇，離愁傷感只有淚珠爲我深深惋惜。

回思以往就像花瓣一棲片片的浮現眼簾消逝了，疏遠雙眼漸漸的入夢睡著，一切的過往都蜷伏在夢中忘掉，一覺醒來已經日趕中午警衛送上餐食，勉強得餐點高湯，在小房裡踱來踱去，不時張口唸唸寫下謝新詞來：

秦樓不見吹簫女，空餘上苑風光。
粉英金蕊自低昂。東風惱我，才發一衿香。
瓊窗夢醒留殘日，當年得恨何長！
碧闌乾外映垂楊。暫時相見，如夢懶思量。

此詞記下後，以爲秦樓雖有吹簫，怎樣不見有吹簫的人哪？所謂秦樓吹簫的女子是秦穆公的女兒。因爲他常在樓上吹簫，卽是與詞之首句，爲此美好的春天，又是池旁花盛開的日子，引起了後主的春情驛動，空有美影相思，只因東風惱人，垂楊斜照外，短暫相見不日如夢一般嗎？昔日像這樣的歡情已成今日的追憶呀！又有甚麼意思去想它呢！男歡女愛之情也就易逝。回憶是苦澀的也有不勝怡情之痛，前面寫下的恨依依，就是感情痛恨而寫下的，緬於過去的逸樂，不能振作遭致今日處境！悲苦婉惜視爲於事無補而已，此情無奈之舉。慘端又如之何？回首前程只有苦中戲詞，才能稍事安慰抑制悲情深處意念，獲致短暫平靜。滿恨韻傷的現實，眼見蘆花又白了，前已無紛飛的雙燕，捱過愁苦一天，淒厲縈懷之情仍眷戀著家國，爲此而寫下最悲痛的相見歡：

林花謝了春紅，太匆匆！
無奈朝來寒雨晚來風。

胭脂淚，相留醉，幾時重？
自是人生長恨水長東！

之後再記下一詞：

春花秋月何時了？往事知多少。
小樓昨夜又東風，故國不堪回首月明中。
雕欄玉砌應猶在，只是朱顏改。
問君能有幾多愁？恰似一江春水向東流。

如此想到沉重馳思，發出了哀鳴的呼聲，奮發的意志，雖有要他的大臣，在江南練兵有朝能解除他的痛恨，可知爲時已晚，如今只有情長氣短自傷感嘆，就像如那凋謝的花朵，人生也寫照隨著時間而流逝，哀樂愁苦就隨時間沖淡了，往事歷歷如浮雲煙漫隨著風而散去。不堪的是故國河山今已變色，作爲一國之君主理念上是肝腸寸斷，榮情激動只有歷史爲他評判吧？痛苦的現實和日繁的哀傷，眼見蘆花又白了，小樓前雙飛的燕子，不像我在家鄉看見的那樣展翅高飛，寂寂愁苦，憂思忡忡，又想著那首憂國思鄉之情而寫下來〈採桑子〉一詞：

轆轤金井梧桐晚，幾樹驚秋。
晝雨新愁，百尺蝦鬚在玉鉤。
瓊窗春斷雙蛾皺，回首邊頭。
欲寄鱗游，九曲寒波不泝流。

在此詞中想著他的弟弟從善，前因進貢給宋，仍留置在北宋，思念之情無法排遣。相思之情無也遣懷，足證其兄弟之情誼友愛。回首前塵往事，昔的繁華胭脂鉛黛，如今眞像一個醉漢的人醒來才知自己是吃醉了，深深的體念到往事已非，落得如此情況，也是自己的罪過，從有千愁萬恨也難以追回，就讓時間裡是去評論了？緊鎖心扉的哀怨情仇在苦操的困境中漸形忘了過去才能好過一些哪！於是想想也就又有新的詞思，寫下了：

昨夜風兼雨，簾幃颯颯秋聲。

燭殘漏斷頻欹枕，起坐不能平。

世事漫隨流水，算來一夢浮生。

醉鄉路穩宜頻到，此外不堪行。

記下這句外又再記一句：

多少淚，沾袖復橫頤。心事莫將和淚說，鳳笙休向月明吹，腸斷更無疑。（這句是望江南）（上句是烏夜啼）上下二詞需有差別回思，但其心願哀怨仍無意別？我們讀到它，眞有情懷何堪的感受！而它卻是苦悶的一天過一天流走，心煩意怨是直不待言的，再過些日子，它的生日就快要來到了，這也是要有一些苦中作樂的慶著。於是在他身邊的隨侍臣子們，和一些守候他的人，一塊兒歡慶歌舞高聲歡呼，樂不可思，聲徹雲霄，驚動大朝的皇宮，於是皇帝就派了大臣以祝慶爲名攜了一瓶極爲毒辣的酒，要其飲用，後主端起了酒杯，仰望江南思之片刻一飲而盡，不多久多藝的君主，就輕妙雲烟隨風而逝，信至江南庶官們人等聞之哀思不已一代君主就成了「可憐仿君王」之號矣！

後記：余雪漫教授會講後主詞摘要

後主一詞隨筆之後，我要陳述兩位名家的前序言。一位是徐先生善同，他在余雪漫教授講後主詞前序文裡說到，余教授不但對後主詞研究深刻，而且香港人都知道他是書畫名家，教育家世不夠，是多才多藝的書畫名家，由對於詞的研究的講究更能引人入勝，且其一生中最崇仰後主的詞，他會自撰一聯到：「文擬建安，詞宗後主，畫窺賴讚，書學瘐金。」這次應香港大學邀講後主詞，學生聽的興趣聽得入神，在高興之餘海南大學的學生，大家都唱起詞來。這種濃厚的興趣，在國內各大學都很少見的。從徐先生短短數語窺視，余教授不僅對後主詞有高深的研究，而且後主詞是詞宗之帝，欣賞是不容易體會的其眞諦的。可見余教授本人如不是多才多藝的教授，難以給學生講述有如此令引發普遍對詞的高興趣，尋非有高深意境和研究，才有如此之普及是非夠然。

余教授講李後主詞欣賞：演講錄包括：五代詞與李後主花間詞派的路向；可憐薄命做君王政治的失敗；詞中之帝文學的成功；修辭技巧天然素描；兩種風格雄奇與幽怨；代表作欣賞〈一斛珠〉等詞九首。

李後主，是五代南唐的國君，一稱南唐後主，歷史上所謂五代，是後梁，後唐，後晉，後漢，後周。地處中原，稱爲正統，開國之君，李存勗，石敬塘，劉知遠，輩，全是武人出生，不懂文學，一般文人，無以自見，只好投奔十國另謀出路，十國之中，蜀和南唐的君王，特別愛好文學，尤其對於新典的詞體，看得很重。從五代詞人在地理上的分布，很明顯的看出，當時的文化，長江上游以蜀爲中心，長江下游，以南唐爲中心，後蜀趙崇祚編撰的《花間集》共五百首，所收溫飛卿以下十八家，大部分是蜀人，或居由西蜀的外省人，可看作「西蜀詞派」的總集。南唐詞人本來很多，作品也不少，可惜沒有像趙崇祚這類的人出來蒐集，整理，所以流傳的作品，比起《花間集》來，還不到三分之一。「花間集詞派」的作風，有一個共同的趨向，詞句是艷麗的色澤是鮮明的，聲韻是鏗鏘的，索取的題材，不外是天時，物態，相思，別情。滿紙都是珠寶金玉，鴛鴦蝴蝶，充滿色情狂，這一派詞，濃得化不開，顯示受了溫飛卿的影響。

後主本是風流才子，他的前期作品，也像溫飛卿一樣的香豔，如〈一斛珠〉詞寫大周後的風流，

〈菩薩蠻〉詞描述小周后的嬌羞，多少帶著「花間詞派」的色彩。所與花間不同的是，他有創作的天才，意境空靈超放，沒有做作，也沒有虛僞，一切是他生命的自白！不像「花間詞派」的作者，喜歡製造情感，或濫用情感，多憑幻想，不夠眞實。至於後期作品，因爲生活環境起做劇烈的變化，詞格也由清便婉約，急轉直下，便爲悲壯，淒厲一派亡國之音。這時感慨加深了，題材也加廣了，白描的手法，也更來得自然，來的生動了，所以王國維說：「詞至後主而眼界始大」感慨遂深，遂變伶工之詞爲士大夫之詞。」

由於惡劣環境的刺激，與天才的充沛，以及寫作態度的充實，富有文藝創作的李後主，終於衝破花間詞派的壁壘，建立起自己特有的作風，爲兩宋詞人及近代詩闢出一條新路。李後主這個人，天賦與天才方面的才藝，能文，能詩，能詞，能畫，能音樂，尤其擅於塡詞。他的生活非常藝術化，白天同大周后遊山，划船，晚上要她唱歌，跳舞，彈一曲琵琶。一有機會，便偷偷的和小周后大談戀愛，大放其艷詞。這時候無論物質上或精神上，一切給她高度的滿足。唯一憂慮的，只是怕那雄據中原的宋太祖，興師動衆直搗江南。唯一的辦法是年年進貢，還有紀念日子，大送金帛，除了俯首稱臣外，從沒有考慮到如何去抵禦外來的侵略，只好在書面上恭頌，以爲這樣便可以妥協了，他就可以高枕無憂，然而宋太祖的臥榻下是不輕易讓人酣睡的。第一次要他北上，他不敢去，第二次要他北上，他推說病了，更不敢去，於是太祖怒了，派遣曹彬，潘美水陸並進，以扶梁渡江，一直攻到石頭城下，可憐的這位情高意眞的皇帝，終於帶著百官眷屬，肉袒降於軍門了！當後主跟隨曹兵北上時，天正下大雨，船到中流，回頭望著雄壯崔巍的石頭城，不禁凄然淚下，寫下了這樣一首悲涼的詩：

江南江北舊家鄉，三十年來夢一場。
吳苑宮闈今冷落；廣陵臺殿已荒涼。
雲籠遠岫愁千片，雨打歸舟淚萬行。
兄弟四人三百口，不堪閒坐細思量。

春閒夢遠，南國正芳春。
船上管歌弦歌江面淥，
滿城飛絮屏輕塵。
忙殺看花人！

閒夢遠，南國正清秋。
千里江山寒色遠，
蘆花深處泊孤舟，
笛在月明樓。

第四篇：讀史隨筆記

一、論秦之所亡因：

亡秦最大的原因非爲外力之所與也。其因故多自本之所繁！何也？廢封建、築長城、鑄金人、造阿房、焚書坑儒、營驪山之塚、尋不死之、使太子監軍、用治獄之吏、堵言諫之路……。故史謂亡秦之十二也。不繁闡述溯其要略以獄爲止！時正言謂之毀謗，遇過謂之妖言，盛服先王不同於世，忠良切之皆懋於胸，譽腴之聲日滿於耳，虛美熏心實爲禍因！蔽塞而亡秦也。

尤以治嶽之吏皆致人死，其時固非增人也，乃爲自安之道。明知以死人之血爲聖人所傷，故自三代以來，與其殺無辜，寧失不經，是時以黨爲朋，上下交歡待獲者功名，平則後患與焉！此爲典嶽之由！兼以捶楚而供，入理爲據，遑而堂裁以入人罪，夫人情痛則死安則生，在捶楚之下何由而不得？人若不勝痛，則餘詞以付之吏，以爲然邪！理則以柄執或其間就而導之？或鍛鍊而成之固納以詳，深刻一字九牛莫奔，蓋經其因慮視之若死有餘辜，蓋所謂者細以亡秦也。垂視歷朝多興文罔，不免傾覆舊祚而其成敗亡之道皆因由自取也。

然民處非明聖之君，逢亂世之治，憚謂嶽議爲深刻，殘罔急而不顧國患，盡日畫地爲牢議不入，削木爲吏期不對，此皆疾吏之風怨痛辭者也。敗法亂紀雅覷塞道，烏鳶之血不毀內及鳳凰集，誹謗之罪不誅而後良言進，山藪藏矣，以澤納污瑾瑜匿惡國君含詬，非明主之君熟若此風之安爲之道自取也！

二、高祖拙夫之心

高祖劉邦起沛澤，網羅四方豪傑，拾納亡敗，所以能有天下也。及成帝位以丁公不忠名而誅之；何也？故書曰：攻取與守成皆有不同！當群雄角逐之時，民無定主來者受之，是實事之宜也，及貴爲天子四海以服無不爲臣，？不以禮儀示之何以曉天下而固極基，戮一人而又何惜哉？！從而假義以戮，曉千萬人懼，丁公又何惜重焉？獨夫之心若是，罪子孫世代霸四百餘年而亂則其仍爲內而非外也。詢非誅丁公予一毫，孰非獨夫所慮及也。

三、張子房（良）明哲保身

張良字子房，爲朝相之張裔，時處暴戾，秦而亡韓、子房以赤子之心振奮勇，毀家抒國危，顧力士於博浪，以擊秦而報韓之仇，擊國？可敬也，惜其樂逐莽夫之志尚殆遺亡，繼陳涉起早澤，高祖劫時際，從邦以爲謀士，秦滅而頃？獨霸天下爭雄長短，子房多智謀以濟劉，是以天下定而子房願去棄人間富貴從赤松子遊！故其明辨達理，足以知神遷爲？然，其老亦可知也！夫功名之際，人臣之所難處，如高帝者賴此三傑而興，雖其謂此三傑而心塞靈，蕭何繫獄，非履滿盛服不止，淮陰遭戮，熟非信守所始料，崩通豈不仰面狂哭？幸存者獨子房執于神仙遊，功名於物外，榮利而不屑顧，明哲保生爲社會之所難者，房可謂智矣。

四、齒雍齋侯

齒雍爲主而有功略之臣也。然爲人齒而快，且多違事主之心，爲帝所疵，但亦難相與去之，天下即定大封劉氏異己，功臣？快擬謀異叛，雍固素爲帝疪，擬借機去之，然以雍之功略蓋無由取之，而帝終爲不快，在此大肆戮誅之際欲爲焉！誠以高帝得天下後，帝以受憎所償，惑機害至功之臣，群臣堂解多不安。時良因事進諫以變帝志，乃使上無何私之吏，下無惟得之情，國家庶黎蒼生得以無虞，齒雍之封爲侯者亦爲良之力也。國家之安危亦良之功也，故爲人主不可不察，而人臣亦不可不知襪也！否則戀棧？安一時榮而於族誅之苦，歷來王朝政治皆如是焉，不可不爲所惕也。

五、朋黨之亂

文宗時儻固爲禍，常曰白賊易去，而朝庭朋黨難除，余讀史遍觀君子小人，尤如水火之不容，君子持位政而遠小人，如一旦小人得志勢，詭譎君子之路，實理之所然也。君子在位則可納才賢補不肖處，心處世皆持平論，靈心實而理益顯，政風紀剛張達，使之導順而利民疾者，和則利衆民。小人則不然，其納諸則不然外營利己而已，私利慾逞，渺民命而結朋爲奸，納黨爲勢，功不賞奸難除，因此罔諸罪連，倘昏庸之主，多採諂詞，如文宗時黨不能斷，遑論趕非賊乎！所謂朋黨者，實不察輿情，退肖納賢，端疾風、進直言，如是則群情平而治矣！

六、姚崇爲相要略：謂之伴食宰相，不爲子隱

姚崇者世謂之賢相也。如鮑叔之於管仲，子皮之於子產，皆位居要津，而能知其下也。援以國政賢哲美之，又以漢之曹參者不及蕭何，是以隨其法而不變，故有蕭規曹隨之事，漢業以成不肖用事，愛身保祿，居顯要而不顧國家安危，是成罪人也，賢政用事燎以爲愚或亂治，專務分權娼妓以毀其功，慢內竊之是罪名也。崇爲唐之賢相，固心戮力以清明皇太子之政，所謂之伴食宰相，有疾若己有

之，人彥盛其心如主不盡以出是容保庶黎，今則惡人技而逐已戾，豈不弱蒼黎矣，是以在位有崇德居之，無法實得已害之，居要險而不愼乎！

七、論選舉風

昔謂選舉之法，先門第而後賢才，此爲魏晉之深弊，而歷代相因莫能改也。蓋君子小人區別在於利惑，以今日觀之，是智所同知也。當時雖魏孝之賢，尤不免利弊，於是以辨是非，而惑於世俗者鮮矣！今之選舉更爲大然也。弊派門牆徒不免身，而金錢更爲要務，其眞能認事者亦鮮矣！

八、李斯論逐客

周得微子而革商命，秦得由余而霸西戎，吳得伍員而克彊楚，漢得陳平而誅項籍，魏得許攸而破袁紹。彼敵國之材臣，來爲已用，進取之良資而成大業，何也？豈非無明主之度而察？世之才耶？想或在小眦以嫉不爲用，史不鮮然？王猛知慕容垂之心久而難信，獨不念燕尚未滅，垂以材高功盛，無罪見疑，窮困歸秦，未有異心，遽以猜忌殺之，是助燕爲無道，而塞來者之門也，如何其可哉！從古逮今莫不皆然，亦人人性之本質即曰私慾而矣，足謂顧念蒼黎而幾人何？事勢有不如是也。

九、春秋記載事要略

春秋這部書的載寫，大體上可以分爲上集主王之事，下肆人事之記，別嫌疑，明是非，定猶豫而善之思者，與賢不甫亡國繼絕世，補蔽廢之記是疑是啓王道之大業者也。易著天地陰陽四時五行，故長於變；禮經紀人倫，故長於行；書記先王之事，故長於政；詩記山川谿谷禽獸草木牝牡雌雄，故長於風；樂樂所以立，故長於和；春秋辯是非，故長於治人。

故禮義以長於和，先和而後辨明是非，所以長在治人故謂禮義以節人，樂發於和以道世，詩以達盛載，而書以在治人，樂發之於和，書以道世。詩以達治言志，易以通代春秋之道義，是故博亂世莫近於春秋，爲人君臣者不可不知也，經手辦事而又不知其變，故曰首惡而不知其權，實變之爲人君者必於在春秋名改。非帝之罪，其不知其權，實之春秋，人之不知權在己？是春秋蒙蔽道惡之名，擧事之罪，爲人臣而不同，春秋之義堵，心蒙首惡之名，非常之罪，爲人臣卻不知春秋必陷纂世誅。故罔首惡之名，實則不知其爲善之爲義者也。讀書不可不察也，謀士而不可不正愼？於不可不知智也，成之察之守知其無詬言耶。

十、楚莊王殺靈公伐陳

楚莊王爲夏徵舒殺靈公，率諸侯伐陳。謂陳曰：「無驚，吾誅徵舒而已。」已誅徵舒，因縣陳而有之，群臣畢賀。申叔時使於齊來還，獨不賀。莊王問其故，對曰：「鄙語有之，牽牛經人田，田主奪之牛。經則有罪矣，奪之牛，不亦甚乎？今王以徵舒爲賊弒君，故徵兵諸侯，以義伐之，已而取之，以利其地，則後何以令於天下！是以不賀。」莊王曰：「善。」乃迎陳靈公太子午於晉而立之，復君陳如故，是爲成公。孔子讀史記至楚復陳，曰：「賢哉楚莊王！輕千乘之國而重一言。」信，非申叔之忠弗能見其義；非楚莊之賢弗能受其訓也！

十一、論吉凶

吉凶之道存乎識善，成敗之機在乎察言，不可動輒對以諱言亂及八荒，吾罪於獄，無辜於市極殺生亂之源，能無戒耶？昔禹遐獵蒼梧見市殺人而笑，曰：各方有罪在於一人，故其興也得位而傳言於後世，崇奉洵非偶然也。以李贗奪羅執是上之昏聵，盡私外戚貪財官吏通路塞盈，陳蕃疏殷勤示變，聞言路成妖襲，實在修德豫身首分裂亦所共恨也。

十二、紂淫失政有以致之

紂淫泆，太師箕子諫之不聽，箕子曰君有過人臣諫之，其不聽則可以去也。去則是彰君之惡，後以比干少師三諫而不聽，紂怒曰：吾聞聖人之心有七竅者有諸，乃殺比干刳視其心。微子曰乙帝子紂之庶兄也，父子有骨肉，而臣主以義屬故也，太師乃勸微子去，後武王伐紂，微子乃持其器發於軍門肉袒而縛，左牽羊右把矛，膝行而前以告，於是武王乃釋微子復位如故，封箕子於朝鮮，其後箕子朝，過於殷虛感宮室毀壞生禾黍，箕子傷之哭則不可，欲泣則爲近婦人，婦人性涕泣也，乃作麥禾之詩以歌詠之，其詩曰：麥秀漸之兮，禾黍油油，彼狡童兮，不與我好兮。（狡童者紂也），殷民聞之皆泣。

十三、晏平仲其人其事

晏平仲其人其事，晏平仲者東萊夷維人也。字嬰歷事靈公，莊公，桓公三世爲相，其人倭小洽也食不重味，妻不衣帛，國有道則順命，無道則衡命，是以顯於諸侯，途過越石父於縲紲之中，以左右乘贖之，載石父於家，入闕久之不父不謝，而請以絕，嬰權然，攝衣冠謝曰，嬰雖不仁免子於戹，何以子求絕之也，石父曰：吾聞君子詘於不知己而信於知己者。方吾在縲紲中，彼不知我也。夫於既已感寤而贖我，是知己；知己而無禮，固不如在縲紲之中。於是宴子延爲上客。崔杼殺其君，宴子伏尸哭之成禮而去，杼欲殺之，又曰見義無爲是無勇也。嬰可謂義矣，至女諫既犯君之顏，此所謂進思盡忠，退思補過，世有女賢樂善而稱焉。

十四、莊周不以千金重酬利爲

莊子者蒙人也，名周嘗爲漆園吏令，曹州冤句縣，與梁惠王同時，其著書十餘萬，言大體多爲寓言也。楚莊王聞莊周乃以厚帑遇之，莊周笑謂使者曰：千金重利，卿相尊位也，子獨不見郊祭之犧牛乎，養食之數歲，衣以文繡，以入太廟，當是之時欲爲孤豚，其可得乎。子亟去而勿經我，我寧可游戲污讀自娛，勿爲有國者所霸，終身不仕以快吾志，蓋以古之人發志在於樂道憂時不憂世，不爲重利所惑，以樂其志以快其世所牢也，今則不然豈不爲世所痛矣哉。

春花秋月何時了？
往事知多少。
小樓昨夜又東風，
故國不堪回首月明中。

雕欄玉砌應猶在，
只是朱顏改。
問君能有幾多愁？
恰似一江春水向東流。

第五篇：98老翁養生經驗分享

人體衰老之原因與保健

一、人體衰老之原因

人到中年身體的老化現象就愈發嚴重，但防止老化應先明白老化的原因；也就是說，人爲什麼會老？有幾種說法：

1.神經細胞疲勞說：認爲人的年紀增長日趨疲勞，內分泌系統調節減弱，產生衰老現象。

2.細胞中毒說：細胞因長年工作發生中毒而衰老。

3.腸內中毒說：因人類結腸較其他動物長，因此無用廢物大便停留在結腸內，使身體中毒，是衰老原因。

4.血管老化說：血管老化血流不暢，各組織得不到充分的養分而趨衰老。

5.食物中毒說：多吃肉內蛋白多的食物，又怠於運動，食物在腸內不能充分消化，發生中毒提早衰老。

6.細胞退化說：體內的組織細胞，不能從血液吸收使身體老化。

7.肝臟衰老說：肝臟因人老而衰弱，不能勝任應負責任，以致身體老化。

8.內分泌系統老化：活動器官分泌減少使人體衰老。

關於老的原因除前數種說法歸納起來，不外自然衰老與自然中毒的兩大原因。

二、筋骨、血管、肌肉、皮膚永保青春術

1.筋之永保健壯法：人老了筋卽鬆馳，功能退化，四肢無力，要使筋永保堅韌而有力，唯一是吃豬腳筋，每月食一至二次對全身之筋有返老還

童之力。至如何燒煮食用皆宜。

2.骨之永不鈣化法：人到中年骨卽漸鈣化，先是腰酸背痛、行動遲緩，要多吃有膠質及鈣質食物，可克服老化，如海參、豬雞腳等，或此虎骨粉一兩，骨格健壯堅強。

3.管之永保暢通法：人之血管猶如路邊水溝，使用久了必生汙濁、管內膽固醇如不消除，終會使人衰命。中老年人最大威脅是高血壓有致命危機，提供本人所用方法參考：

• 香菇水：四兩香菇放四碗水煮而食之，永不患高血壓及腦充血之症；香菇有清血去膽固醇之功效。

• 葵瓜子：常食有清除膽固醇之效。每月食一斤即可。

4.肌肉之永保青春法

• 要使肌肉之永保青春，多食蛋白質食物，肌肉能供給營養自然不會老化。

• 常飲香菇煮水之湯，可清除血管、膽固醇，消減高血壓，有益健康不老。

- 松子清血、美容、清除血管污物。用油炸食。
- 虎骨粉泡酒飲不腰痠背痛、壯健宏聲、防老。
- 常食腳筋，健骨防衰大功效。

三、人生長壽十二條活到百歲以上之守則

發明血液循環名醫哈貝氏，嘗論著名長壽老翁巴爾氏活到一百五十二又九個月之死，巴氏因在家所食牛乳、乾麵包等平常食與居鄉下呼吸新鮮空氣。至其死前國王召見、至倫敦阿爾台爵士家，一

改豪華生活起居，回家不久就死了，其因生活條件之原因所致。吾遂將本人近百歲延壽經驗十二條列舉如後供參考

- 宜多起居於新鮮空氣，或日光、運動等。
- 吃食物肉類日食一次不宜多食。
- 每日入浴或蒸氣浴。
- 每日定時工廁所排泄。
- 服飾宜寬敞透氣衣服清潔，棉白為宜。

• 早睡早起。

• 寢室寬敞風透氣房窗不宜緊閉以舒適安靜為宜。

• 每星期要有一天休息或赴鄉間遊玩。

• 避免精神感動及興奮，勿為無可奈何之事擔憂。

• 生活能取中庸之道，慾本能不宜壓制，亦不縱慾。

• 勿居過暖或過冷之室，空氣舒暢即好。

・酒、煙、咖啡、茶不宜多吸，偶然守此原則，延年益壽備有裨益。

四、增加壽命一百歲以上之新祕法

生命是可貴的，得值超於一切，所以必須設法增加壽命。下列各種方法，是本人近百歲經驗，對延年益壽有顯著的效果：

・每月常吃枸杞五兩，可增壽五年，因有補眼、補腎、防老之功能。

- 每月常吃人參三兩，會增加多活五年，因有補氣、補腎、防老止衰之功能。
- 每月常吃葵瓜子、松子，可多活三年，因可清除血管之膽固醇。
- 每月常飲香菇水，每天一大杯，可多活五年，因為清除血管內污垢，對克服老化有奇效，用開水煮食，或作湯飲均可，其味鮮美。
- 每月常吃真虎骨粉二兩，可多活五年以上，因去風濕。
- 每月常吃冬蟲三兩，可多活十年，因為有生精補血、明目健腎補氣，青春長駐有神效。

•每月常吃海參、海帶、魚肚各半斤（海參要刺參），可多活三年，因不會血壓高。

•常食維他命E，可多活十年以上，因為預防及治療許多病症。

•常食紅棗，可多活三年，因潤喉益氣補神、聲音由老邁變年輕。

•常常提氣—多活五年，因草木去土即死，魚去水則死，人無氣則死。人是一口氣，所以要常練提氣功。

・每月常食硃砂一錢，不會得心臟病，有心不老之用。

・每日常攜健康帶可多活三年，因為提氣健腹、及地心吸力，防止老化。

・變質食物切不可食、病從口入，百人中九十是飲食不慎或過多、消化不良，產生毒素引起。

・常食益智、遠志，可多活五年，因此藥有流精益髓，補氣固腎、增強記憶、防頭腦老化。

・常食鹿茸一兩可多活五年，因有補氣固腎、防老之效。

• 常食牛豬筋，強筋健骨，不會腰酸背痛，腳軟發生。

• 常飲牛奶泡時放二小時再飲，因牛奶發酸可產益生菌防制體內之惡菌，使人長壽永不中毒。

• 常常補腎，可多活數年，人有腎如樹之有深土根，根固剛樹壽長，人有腎強則壽必增強。

• 人體不要太肥，肥胖必早離世，因肥胖心臟負擔重，血壓血管不正常運作，或阻塞。減少一誇，離墳一丈。

• 每日定時排泄，清腸胃切勿留滯，否則肚內發生真菌中毒。

・生活飲食勿宜太飽或太好，吃得越飽走得越早，普通即可也。上述二十種可參酌食用，以利壽延。

五、五臟永不衰老之祕法

1.認識五臟之機能（參酌欽定古今圖書集成．明倫彙編．人事典．第021卷）

・關於五臟受病之因，辨病之誤，免病之秘訣，分類裨益於未摘發之前，知所儆懼，方病之際，知如何自找醫療，而脾胃為養生之本，當於飲食門加慎焉。

• 心臟——形如未開之蓮蕊，中有七孔三毛，位居背脊第五椎，個臟皆繫於心。屬火，旺於夏四五月，色主赤，苦味入心，外通竅於舌，出汁液為汗。七情主憂樂，在身主血脈，所藏者神，所惡者熱，而熾熱者，心熱也，如吃苦者，心不足也，怔忡善忘者，心虛也。心有病舌焦喉苦，不知五味，無故煩躁，口生瘡，作息手心足心熱。

• 肝臟——形如懸匏，有七葉，左三右四，位居背脊第九椎，乃背中間，背脊第九節也。屬木，旺於正二月，色主青，酸味入肝，外通竅於目，出汗液為淚。在七情主怒，在身主筋爪，所統者血，所藏者魂，所惡者風，肝有病，眼生朦翳，兩眼角赤，癢流冷淚，眼下青轉筋昏睡善恐，如人將補之。面色青者肝盛也，好食酸者，肝不足也，多怯者，肝虛也，多怒者，肝實也。

• 脾臟——形如劐刀，附於胃運動磨消胃內之水穀。屬土，旺於四季月，色主黃，甘味入脾，外通竅於口，出汗液為涎。在七情主思慮，在身主肌肉，所藏者志，所惡者濕，面色黃者，脾若也，好食甜者，脾不足也，脾有病口淡不想食，多涎，肌肉消瘦。

• 肺臟—形如懸磬，六葉兩耳，共八葉，上有氣管，通至喉間，位居極上，附背脊第三椎，為五臟華蓋，屬金，旺於七、八月，色主白，辛味入肺，外通竅于鼻，出汁液為涕，七情主喜，在身主皮毛，所統者氣，所藏魄，所惡者寒，面色淡白無血色者，肺枯也，右頰赤者，肺熱也，氣短者，肺虛也，背心寒者，肺有邪也，肺有病咳嗽氣逆，鼻塞，不知香味臭味，多流清涕皮膚躁癢。

・腎臟—形如刀豆，有兩枚，一左一右，中為命門，乃男子藏精，女子繫胞處也，位居下背脊第十四椎，對臍附腰。屬水，旺於冬十、十一月，色主黑，鹹味入腎，外通竅於耳，出汁液為津唾，在七情主慾，在身主骨與齒，所藏者精，所惡者燥，面色黑悴者，腎竭也，齒動而痛者，腎炎也，耳閉耳鳴者腎虛也，目睛內瞳子昏者，腎虧也，陽事痿而不舉者，腎弱也，腎明病，腰中痛，膝冷腳冷痛冷或痺蹲起發昏，體重骨酸，臍下動風牽痛，腰低屈難伸。

2.腸胃永不衰老之法

‧腸胃主司吸收消化食物養命，所盈納之食物有限量，要腸胃不生故障之最佳辦法，是不餓不吃，不渴不飲，不多食，不可亂食。三個月內食素一月，一日之內必須通便，七日之內一日如此行之，百歲可期。

3.心臟永不衰老之法

‧心臟就是代表人之生命，心臟停則生命停，不分晝夜勇跳不停，心有病性命不保，中老年人必須先強化心臟。

‧健心功：平心靜氣，屏除心中雜念，固定心神，冥心息慮，絕情慾，固守神氣，每日靜坐閉眼，心神集中鼻尖一刻鐘，健心功效卓著。

・強心方：豬心一個，放進硃砂半兩，煮而食之，一生永不患心臟病。而且心強膽壯，富有生命活力，此乃萬金難得秘方。

4.肝部永不衰老之法

・肝最怕熱，熱則生炎，肝炎不易活，所要避免之熱食，火鍋、胡椒，辛辣等少食為妙。

・養肝方：黃連三錢，放冰糖一兩，用開水煮而飲之，連飲三杯，每月一次，永不發生肝病，因黃連有解毒消炎預防肝病之特效。

•肺部永不衰法：人之有肺部常吸新鮮空氣如魚之得水，倘吾人受空氣汙染，可讓人導致肺部發疾病。

•所以肺部吃空氣比吃飲食重要，如要肺部有良好的空氣吸收，對肺不但不生病，卻使人身體健康，精神飽滿至端快樂。

•健腎功：用手抖外腎睾丸，一手擦單田，中單田在肚臍下三指，左右換手，各二十一次，口訣云：左右換手九九之術，其他陽不走。臨睡時，坐於床，垂足解衣閉目，舌頂上顎，目視頂門，提縮股道，如忍便狀，而手擦俞穴，各一百二十次，能生精固陽，除腰痛稀小便。

身體健康諮詢冊

散道人製

四季不病吃：春天吃黃豆，夏天吃綠豆，秋天吃苡仁、枸杞，冬天吃花生。

每日排洩，如便秘吃黃韶卽地瓜，如照此用四季不病身心健康。永保身體健壯之道：第一吸取，第二排洩，第三心理。

1.所謂吸取是要吸取新鮮空氣，保持肺部健康，除吸取新鮮空氣之外，還要適當輕微運動，使身體機能不致老化，骨節如不僵泥，則便使身心健康，不致走上老化的原因。

2.排洩是每日都要做的，如果不正常的上食不能不通，這人便有各種疾病的產生，由於胃腸內宿積了食物，食物存放在體內便要產生許多細菌，引起難以捉摸的病源，如果每日食進的物品能在每日定時的排洩，使體內不致有積存的東西，人身不但舒暢快樂，身心發展也很健美。

3.第三是心理，心理有幾項：心理影響生理，心理不健全，生理就難健康，人平常要樂觀，保持常笑笑，微笑，狂笑，或敏嘴而笑，如此人的生理心懷既感到心情愉快。除此，不要一直想去改變做不到的事，做不到就不必想它，如此身心就會保持輕鬆健樂。

另外，日常生活都要改變，多素食，每週可燉煮炒之營養食品補食，久之則人體自然健樂，不致肥胖，同時減輕胃脹負擔！

二、下面有幾點長壽要則

1.過勞爲長壽之敵。2.山村爲長壽之地。3.悲傷爲長壽之刀。4.快樂爲長壽之藥。5.寡慾爲長壽之根。6.精神爲長壽之本。7.不洩爲長壽之人仙。8.美姿爲長壽之果。譬如去遊山玩水看見山，山的樹有的茂盛，有的枯萎，茂盛之因是樹之根越粗越壯，越深越久。而人之有腎越強，越固壽越長卽如是也。

三、中老年人突然重病死亡之三大原因

突然身亡必有其因？心臟病、高血壓或是被採陽。宇宙間有陰陽。男女間有陰陽，男爲陽，女爲陰。男女陰陽在交配之際歡極之時，若被女方用吸氣法猛力提氣吸氣法，十餘回合之後，女子全身突

然增強，強壯，男子則全身衰弱短壽妖命，所應注意（此爲金匱要藥所及特抄錄之），另有一則爲：美艷「佳人體似酥，腰懸利劍斬老夫。雖然不見人頭落，暗地令人骨髓枯。」

此外在另醫書上見了此話：「佳色多迷人，人惑總不見，龍射暗薰衣，脂粉艷敷面，人呼爲牡丹，淫說是花劍！射人入骨髓，死而都不怨。」上述之句可以參考。但因係醫書上所及想必有其然之情形，錄於書內供後世所參戒之也。

四、飲食牛奶之長生不老法

人之所以會老是腸中之細菌，發生腐敗，促使自生中毒爲衰老的最大原因，其腐敗之細菌必湧以酸菌克制，酸菌之製造以牛奶爲要件，牛奶不論冷熱，不可卽飲，放致在一，二十小時卽能產生乳酸菌，食之可克制腐敗物在胃腸肉之壞菌，並可抗外來之細菌，此爲原始醫學和現代醫學均有證明事實。此是乳酸菌之長生不老法。

五、解便秘之要法

吃黃韶（即地瓜）一吃二小時後，即通。如每天吃一次則能通順，不需瀉藥。

六、長壽之五不主義

1.身體超重。2.不及過多菸酒。3.不要懶於運動。4.不要血壓太高。5.不要食太飽膽固醇增高。6.步行有助長壽。

七、十種不同的長壽法

1.血壓高每日煮香菇水早晚一杯，血壓解。鮮食前先量血壓，吃到一月再量，百分之百有效。

2.增強荷爾蒙之簡要法：即將早晚以手緊抓著睪丸五、六分鐘放開，如此做五、六次分泌就會受刺激變得活耀。

3.強化精力運動：即仰臥雙腳底合併膝蓋張開，雙手握拳放在腰後，人抬起頭來數一百上下，日行之機能即可活耀。

4.增強體力強化肝臟的方法是，俯卧床上兩腳併攏以手抓著腳趾，如此五、六次即可還原，即可拉動肝臟。

5.鍛練腸胃是將雙手張開，先右腳搭在左腳上，次以左腳搭在右腿上五、六次，日行之。

6.防止動脈硬化，即將右手舉上，左腳彎曲右腳伸直，再換左手腳同樣五、六次可解動脈硬化。

7.柔軟胃部會使全身充滿活力；其法是仰臥將手撫摸胃部查是軟是硬，如是硬即表精力衰退，要恢復精力即將手擺在胃部，下柔動二十次即可軟胃部。

8.香菇減少膽固醇，香菇煮湯每天吃一杯，可

使虛弱體質轉強，並能減少膽固醇

9.植物油防止胆固醇及動脈硬化。

10.有病不宜交歡！

11.健腦功：每日手抓頭卽爲乾洗：髮長靑黑，髮不白。喉嚨體操：卽頭左右擺動，前後搖動。

12.健身簡則：按時吃食，早起早睡，做文事人不宜熬夜！節慾養神甚爲重要。

13.素食營養，健體去病（人不宜肥胖！）每週二葷五素，食用健康菜類。

八、精滿氣充神旺之眞理

1.第一是精，入五臟六腑皆精之生而在，無精則萎。

2.第二是氣，人之血液不斷運行，氣調適勻和之運行，所謂生氣活動是呼吸，呼吸數澀即斷生氣，所以氣者卽爲呼吸也。

3.是神，神卽爲心神之神，主宰一切，人若無神全體去失去主宰，知覺卽無一切交感。前述三者皆能勻合而爲一，故是謂精神，有精則氣盛，氣盛則神旺，故三者構成天地萬物，人雖與物不同，但其組織細胞則一，故而有精旺氣盛，氣盛則神盈，是以合而爲之，精神主宰一切，統御萬事之因也。因此，人爲萬事物主宰，倘平時重保養之人，則見形盈神足，反之不善養之人，則形體俏瘦，神衰氣萎，外形可知也。

九、人體衰弱之因分爲五臟六腑之強弱形態

1.胃腸藏：十歲到二十歲之間，消化力最強，三十以後退化衰弱20%。二十到七十歲衰退爲百分之50%。

2.腸臟：十歲左右最強，二十以上衰弱10%，漸進行到60至50%。

3.肺臟：肺之活量是吸入空氣體積量，長期維持約與三十歲期，到九十歲肺活量爲減少30%。

4.腎臟：若與三十歲比較，八十歲大概老化50%。

5.神經：神經傳達力道、若與三十歲比較則九十歲減去20%。

6.皮膚：二十—三十比較強盛，若是至四十歲以開始有老化，九十歲退化至20%。

7.毛髮：三十歲比二十歲堅靭，直至六十歲亦無顯著變化，但堅靭較差，大致如此。

8.骨骼：二十歲至三十歲期間最爲堅固，四十歲以後慢慢老化。

9.足踝：入老年期前其無老化現象，超過六十歲以上，稍有感覺，至七十歲時，開始衰弱，增加脆性。

10.血管：以十至二十歲最強，三十以後入老化，四十歲減弱15%，五十歲急減40%，血管卽減小生命危險。

11.視力：九歲至歲最清昕，二十歲到三十次之，四十歲以後視力開始衰弱老化，到七、八十歲時仍無老相者，百中不過數人而矣！斷牙三十一四十歲強壯亦有未能惑年而衰者。

十、肥胖體態對健康的影響

1.腰圍越粗命越短而且不美觀。2女人肥胖命不長，肥胖卽是短壽之標誌。3肥是結束人生之慢性自戕行爲，肥子無長壽，腰粗必多病，這些都與男女老少爲什麼會生病的原因有關連。

十一、男女老少爲什麼會生病的原因

1.體質與遺傳。（有的是先天性的遺傳）2.知識的貧乏。與文明進步有落差。3.環境不良、環境污染。4.飲食不當及疲勞。5.迷信與貧窮。飲食不當或是食量過飽，偏食，喜食油渾肉類，對疏菜營養類未能選擇致營養欠缺。

十二、高血壓保養概介

寒冷對高血壓是不好的。正常的人皮膚受寒冷時，血壓就有一點高，何況有高血壓的人。

人的體溫要保持一定的溫度，以維持新陳代謝的機能。外氣愈冷時，體肉熱度在皮膚，所以皮膚自然降溫時的低溫度，減少熱的放散，即皮下血管收縮起來，使血液流動減少，使能達到目的，這樣一來，皮下的血管的抵抗變成了較大的結果，血壓就高起來了！所以寒冷是應當注意的，高血壓的人，應要特別注意的。注意的要件：1.適當的居住環境。2.衣服穿注輕質溫暖，毛棉品較爲最好。3.營養，藥物要齊頭並進，塩份要限制。（如日本人食鹽較重，高血壓的人特多。）每日平均在七公克以下，雖是如此限制，但調味情形可能就差異。

十三、糖尿病

在經書上記載：1.萬點金根。2.野人那（台灣的八那叫芭樂）同用。3.白毛根。4.三七籐。5.人生花，將此五味研成粉末，當泡茶飲至月餘，卽消逝。前屬五味中藥店沒有，可至草藥店卽購得。

另有好梨打汁，早晚服用一杯，即見效，廿餘日即除病也。（此法我服用有效）

古風道琴歌——散道人

痛惜唐虞，遠夏商，看宗周，怨了暴秦，七國英雄互相併。漢空陳跡，南朝金粉都廢虛，李唐趙宋荒虛盡。最可嘆，龍翻虎跡銷魔甚，只有烟銷雲散。

悲龍逢，哭比干，拜老冉，宮裡王孫歷來慘。枉興嘆，謗憐天下只自殘！孔明往作英雄漢，早知道，高臥龍中，息倦草蘆悠自然，省多少六出祁山。

撥琵琶彈哀怨，嗔愚庸，驚儒頑，繼續彈，四絃琴上，鳴哀怨嘆，黃花白草無人際，古跡寒雲亂鳥還，虞羅慣打高飛雁，拾起魚樵事，任隨他風雲精神，西風沒崖荒烟散。七個嚨咚嗆嗆。

文事武功熟可留，我來只為償清遊，雲烟一縷長青樹，詩酒千秋太白樓，撈月別存城市恨，當風共飲古今愁，江心蕩漾本為此，妙妙孤帆天際舟。

蜀郡散道人書

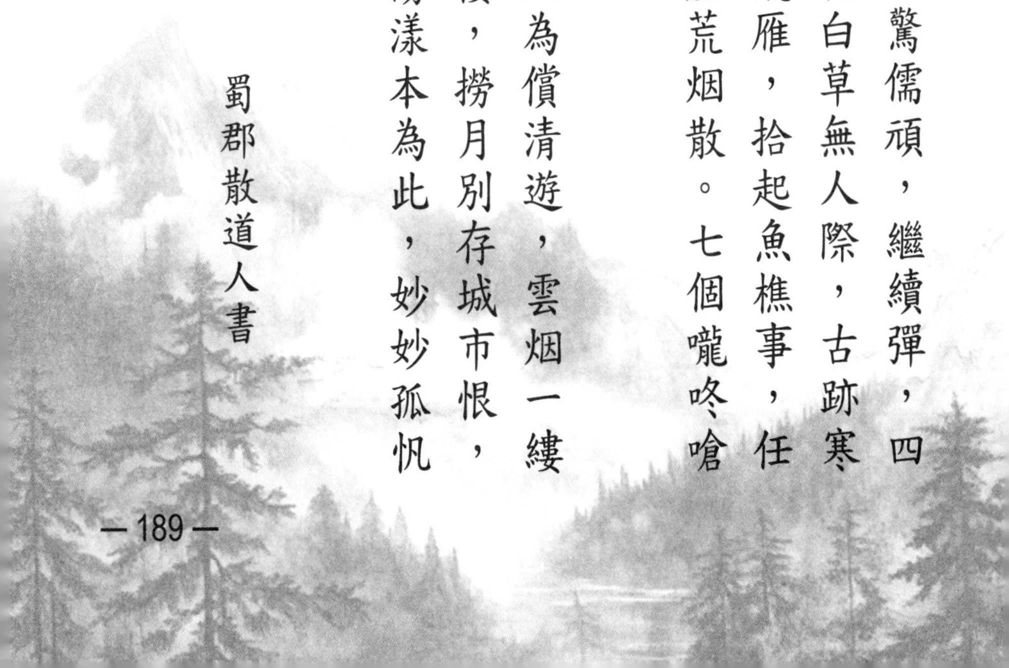

國家圖書館出版品預行編目資料

人生不老--98老翁散文集 / 潘一德(散道人)作. -- 初版. -- 臺北市：博客思出版事業網, 2025.06
面；　公分. --（現代散文；28）
ISBN 978-626-7607-15-2(平裝)
1.CST: (五代)李煜 2.CST: 詞論

852.448　　　　114006618

現代散文 28

人生不老—98老翁散文集

作　　者：散道人潘一德
主　　編：張加君
編　　輯：楊容容
校　　對：沈彥伶　古佳雯
封面設計：塗宇樵
出　　版：博客思出版事業網
地　　址：臺北市中正區重慶南路1段121號8樓之14
電　　話：(02) 2331-1675 或 (02) 2331-1691
傳　　真：(02) 2382-6225
E - MAIL ：books5w@gmail.com或books5w@yahoo.com.tw
網路書店：http://5w.com.tw/
https://shopee.tw/books5w
博客來網路書店、博客思網路書店
三民書局、金石堂書店
經　　銷：聯合發行股份有限公司
電　　話：(02) 2917-8022　　傳真：(02) 2915-7212
劃撥戶名：蘭臺出版社　　帳號：18995335
香港代理：香港聯合零售有限公司
電　　話：(852) 2150-2100　　傳真：(852) 2356-0735
出版日期：2025年06月 初版
定　　價：新臺幣220元整（平裝）
ISBN：978-626-7607-15-2